W0390953

05
1
-0-
7.

Le pêcheur de nuages

EINAR TURKOWSKI

Texte français de Christophe Le Masne

Autrement Jeunesse

C'était un jour comme un autre, un jour d'automne, un jour un peu gris, mais sans remous. Ce jour-là, un homme a poussé son bateau sur un banc de sable et y a jeté l'ancre. Fatigué, il a trouvé encore la force de marcher et de s'aventurer sur cette île inconnue, quelques affaires sous le bras. En haut d'une dune, découvrant une petite maison, il y est entré…

Plus bas, derrière les dunes, il y avait une ville. Allez savoir comment, les habitants ont tout de suite appris qu'un étranger était entré dans la petite maison, là-haut, sur la dune. Un inconnu, venu on ne sait d'où… ¶ Mais les gens sont comme ils sont, et très vite les habitants s'interrogèrent et se mirent à jaser…

Ils en avaient émis, des hypothèses à son sujet ! Ils en avaient échafaudé, des suppositions... Mais ça, jamais ils n'auraient pu l'imaginer ! Le lendemain à l'aube, 15, 20, 30 poissons, peut-être plus, étaient plantés, la tête dans le sable, la queue pointée vers le ciel, frémissant au gré du vent. Et d'autres encore, suspendus à la corde à linge, jusque sur la plage...

Quelle affaire ! Très intrigués, les habitants se mirent à épier ce drôle d'intrus, qui devint aussitôt l'objet de toutes les conversations. Les commentaires les plus farfelus circulaient sur lui. On le surveillait, caché derrière les dunes, on avait même sorti les longues-vues. On ne parlait plus que de ça ! L'homme était sans doute un fuyard venu se cacher ici ! Ou alors c'était un fou, un hurluberlu égaré sur l'île par on ne sait quel hasard…

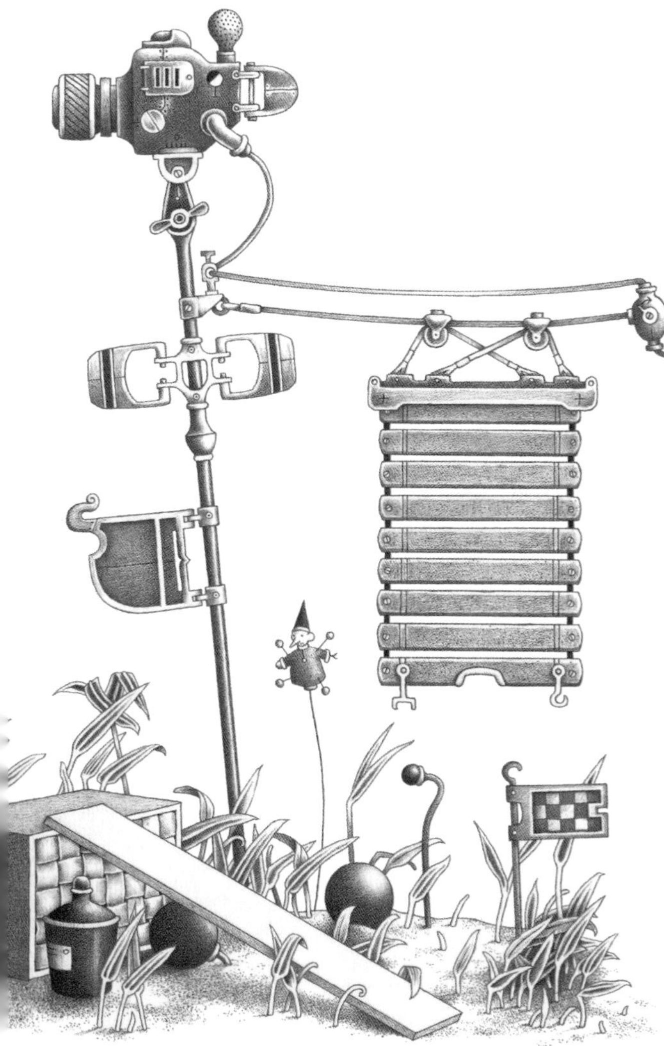

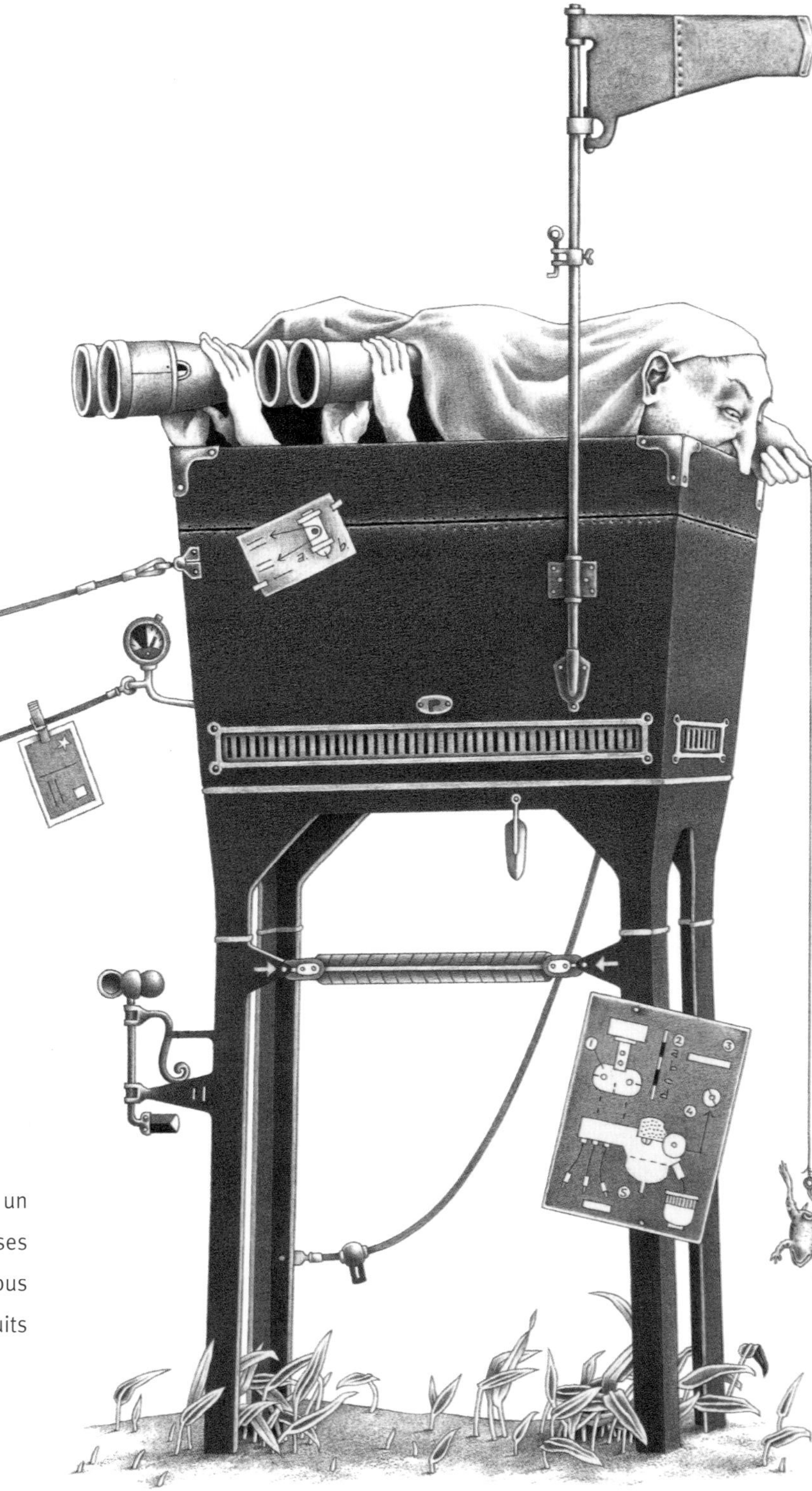

Et si c'était un être malfaisant venu les envahir ? ¶ « Cet homme est un scientifique ! trancha une vieille femme. Il est venu expérimenter ses trouvailles, loin des regards indiscrets. Des trouvailles pour pêcher tous les poissons et vider la mer. Il va nous empoisonner avec des produits toxiques et tous nous tuer à petit feu ! »

Un matin, l'homme descendit en ville, son panier rempli de poissons extraordinaires. Des poissons aux couleurs magnifiques qu'il était venu vendre. Mais à peine avait-il posé un pied sur la grand-place, que tout le monde lui tourna le dos et disparut dans les ruelles. L'homme attendit un long moment, tout seul au milieu de cette place immense, observé de loin par tous les habitants. Puis, très déçu de ne pas avoir vendu un seul poisson, il reprit la route qui montait vers la petite maison…

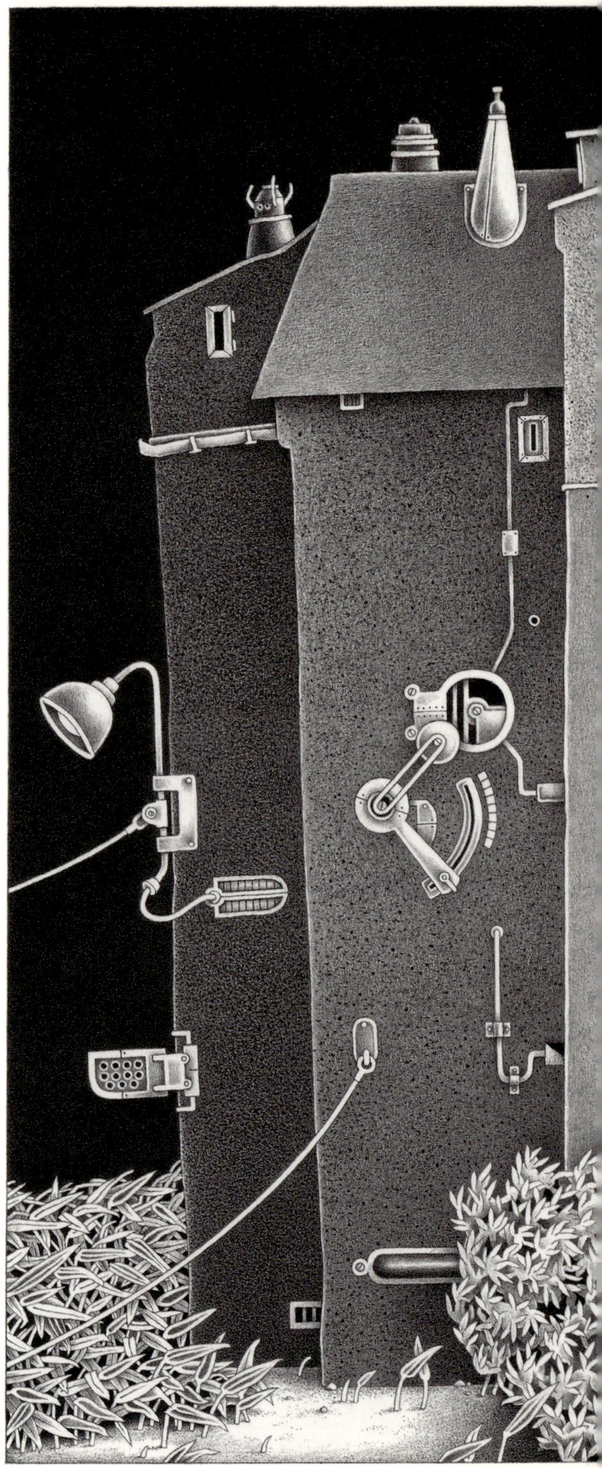

30
1250
Swine® max
Swine®
das Beste vom Schwein
307

Aussitôt, tous revinrent sur la place pour se féliciter d'avoir chassé l'intrus. On sortit à nouveau les longues-vues, on l'observa des balcons... Mais on eut beau chercher, on ne découvrit rien d'anormal. Alors, la colère gagna les habitants de l'île ! « Pourquoi était-il venu jusqu'ici piller nos poissons ? » ¶ Ils ne parlaient plus que de l'étranger, ne pensaient plus qu'à lui ! Obsédés, ils oubliaient tout le reste. Ils le regardaient depuis les dunes pendant la journée, ils le regardaient par leurs fenêtres des nuits entières... Il y en a même un qui, pour mieux voir, s'était tant penché qu'il était tombé de son balcon ! ¶ Mais un jour, un entêté, un qui ne dormait pas de la nuit, perça enfin le secret des poissons plantés dans le sol...

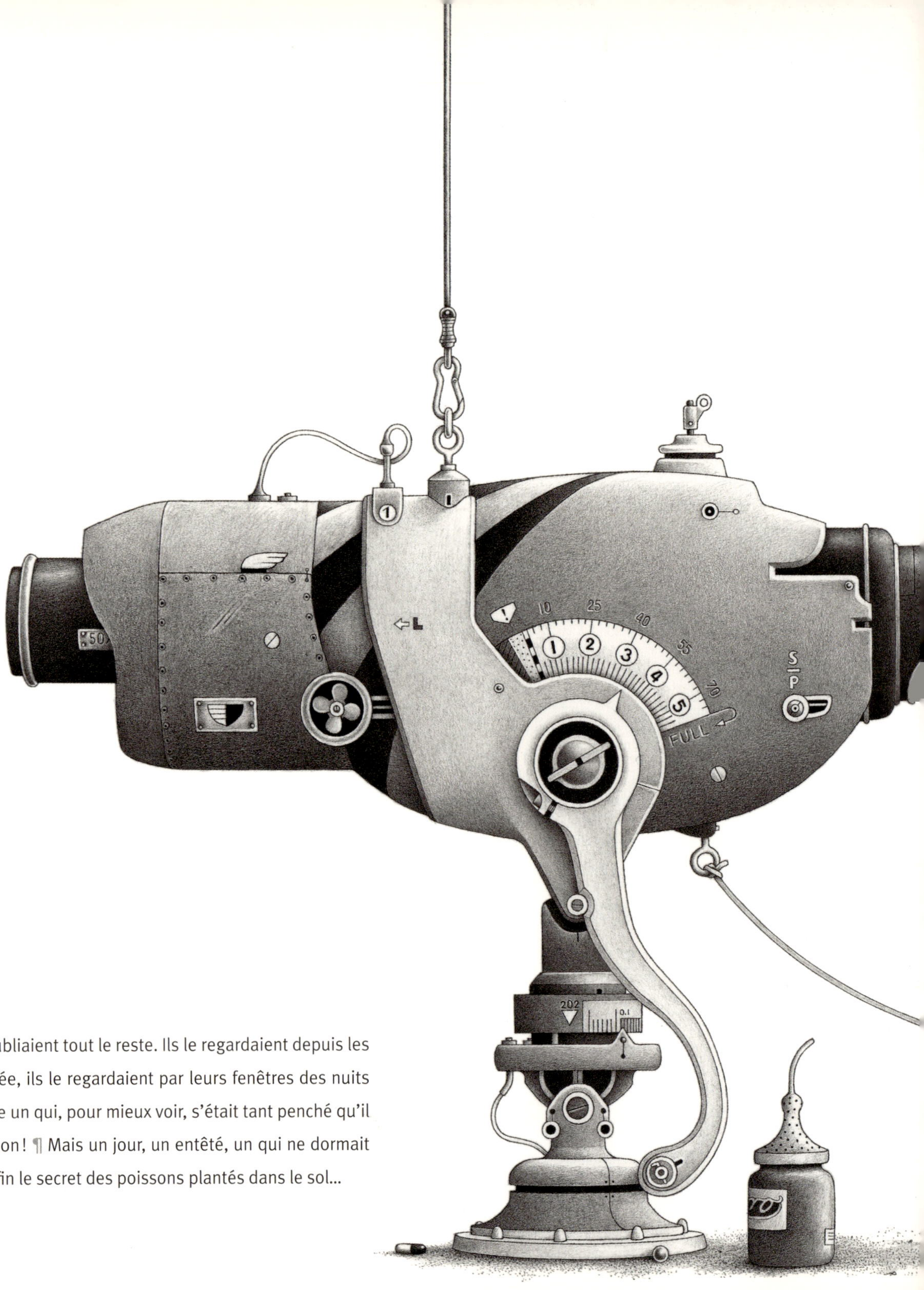

SGM-T3-9
302
50
Icebear
INDUSTRIES
L
5
3
7

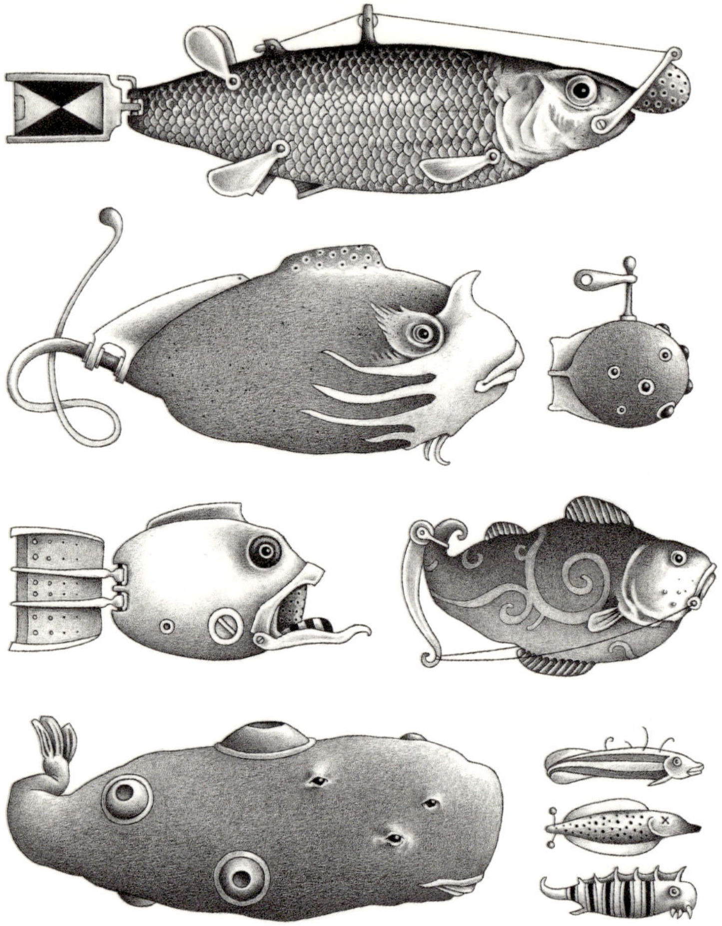

« Il fait pleuvoir les poissons des nuages » déclara-t-il au petit matin, d'un ton assuré. La rumeur se répandit dans la cité comme un feu dans une forêt de pins. La nouvelle circulait jusque dans les moindres recoins de la ville. Elle enflait. On disait que l'étranger attachait les nuages au-dessus de sa maison avec des cordes et des harpons, puis qu'au lever du jour,

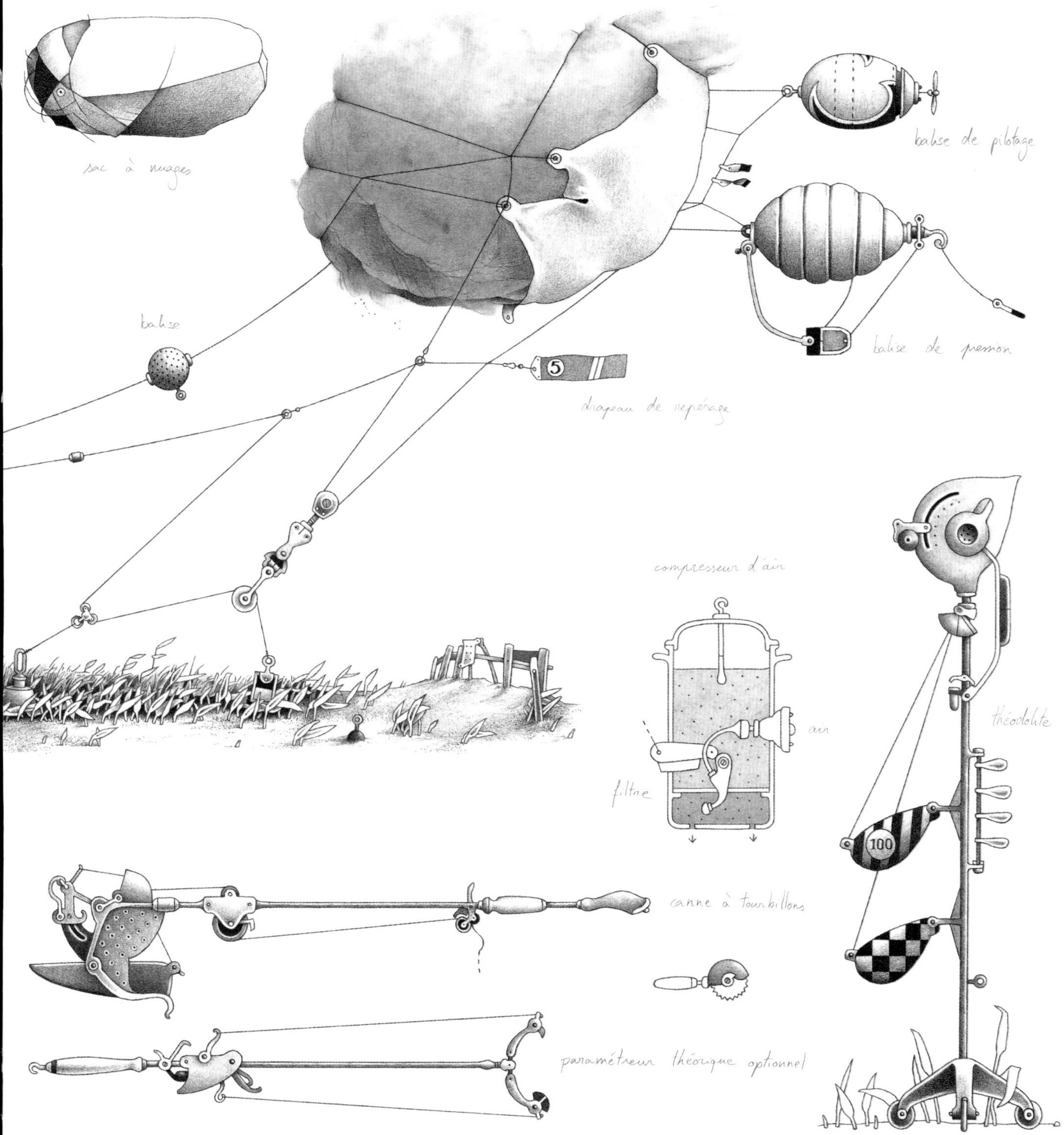

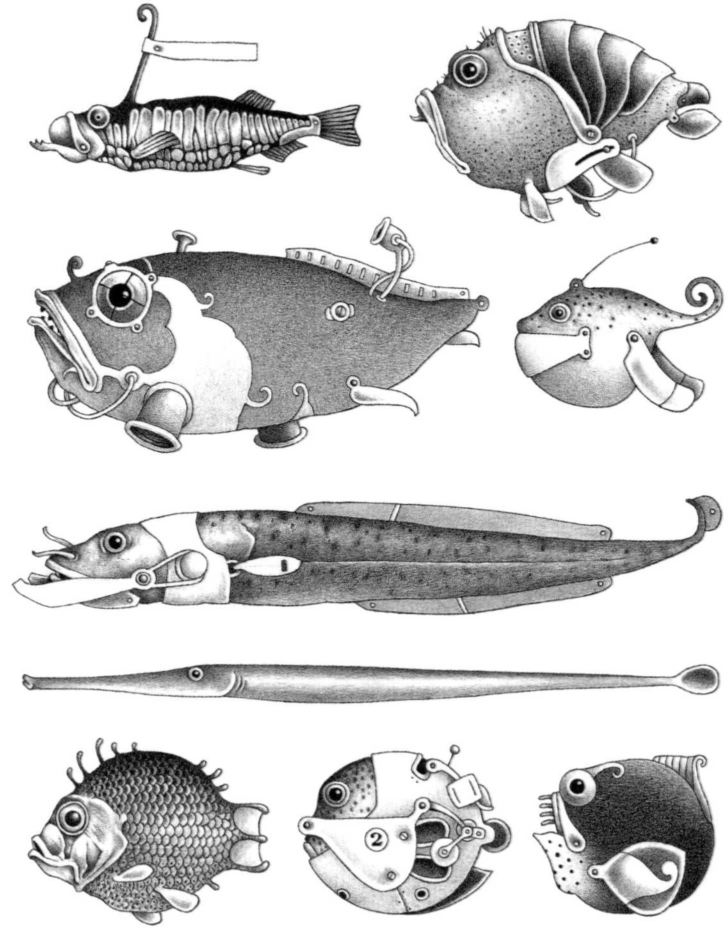

avec la pluie du matin, poissons et fruits de mer se déposaient sur le sol. Il n'avait plus qu'à se baisser pour les ramasser et les suspendre sur des cordes à linge afin qu'ils sèchent. Si l'étranger réussit cela, pourquoi pas eux ? Il fait des pêches miraculeuses… Pourquoi pas eux ?

Alors, à leur tour, ils ficelèrent les nuages pour y suspendre des pots, des seaux, tendre des bâches, fixer des crochets partout où c'était possible ! Pourquoi pas eux ? Et ils attendirent… ¶ Mais, là où le pêcheur de nuages faisait pleuvoir des poissons en pagaille, les nuages au-dessus de la ville ne daignèrent pas livrer la moindre goutte d'eau, pas le bout de la queue d'une moitié de sardine ! ¶ C'en était trop ! On avisa le Conseil municipal qui saisit une Commission spéciale qui organisa une Assemblée extraordinaire qui, après de longues heures de réflexion, livra sa conclusion : les nuages ne peuvent pleuvoir qu'au-dessus des dunes, c'est scientifique ! L'étranger a abusé de leur hospitalité, il doit partir aujourd'hui même !

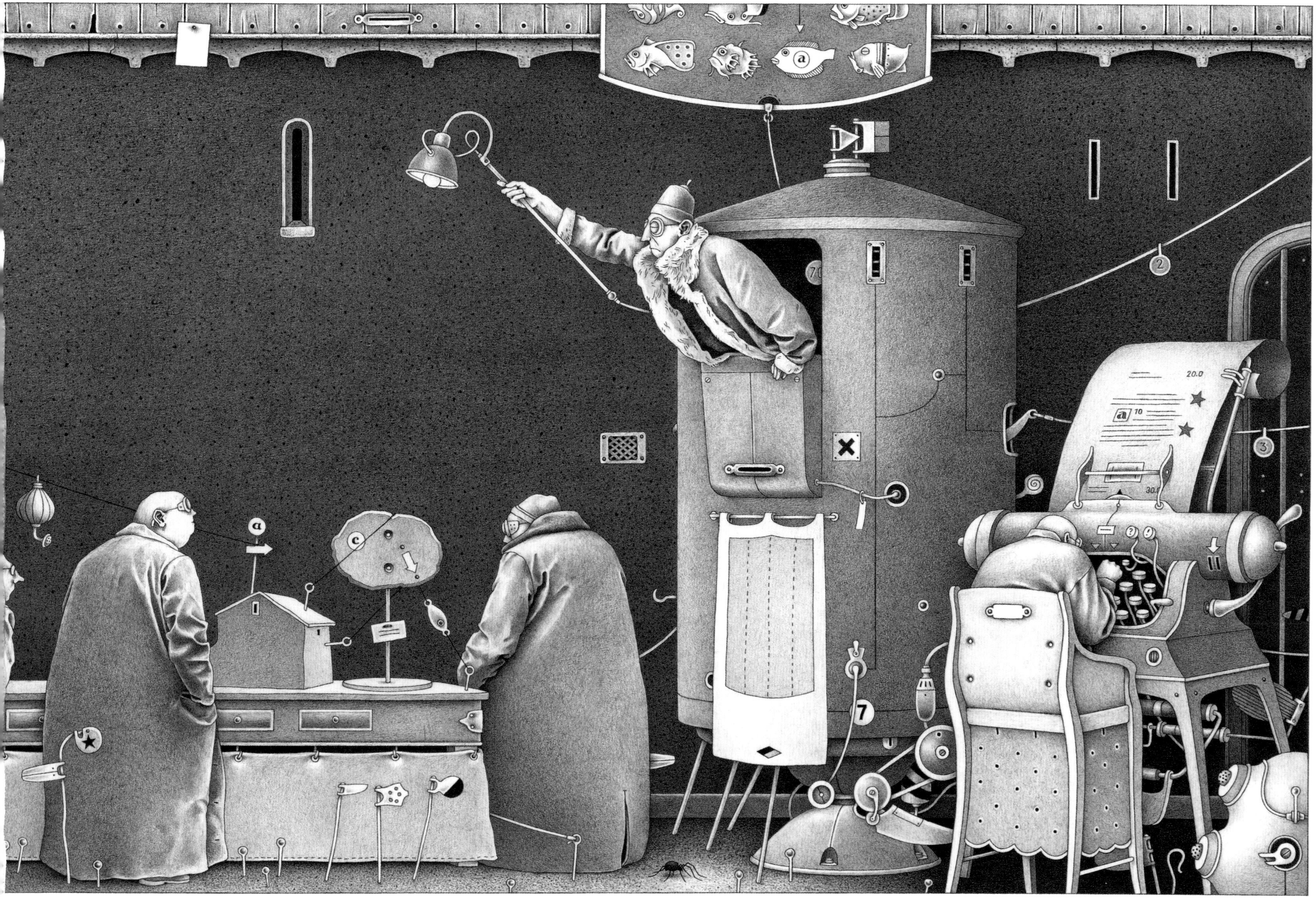
20.0
2
3
7

Un enfant fut désigné pour aller remettre, en mains propres, l'arrêté officiel à l'étranger. Mais il ne trouva personne dans la maison, l'homme était déjà loin… ¶ L'enfant n'avait pas terminé de raconter son histoire que déjà, tous les habitants s'étaient précipités vers la dune avec leurs cordages, leurs filets et leurs plus gros crochets. Ils se disputèrent les meilleures places, des bagarres éclatèrent, on aurait même entendu des insultes… Puis le calme revint. Enfin prêts, ils attendirent la pluie… Ils avaient ligoté les nuages si fort, que ceux-ci devinrent de plus en plus compacts, s'amoncelant les uns dans les autres… ¶ Vexés, rageurs, les habitants furent une fois de plus gagnés par une grosse colère. Faute de pluie, ce sont les invectives qui pleuvaient, et quand ils se mirent à gronder, un coup de tonnerre terrible résonna dans le ciel noirci de nuages entassés…

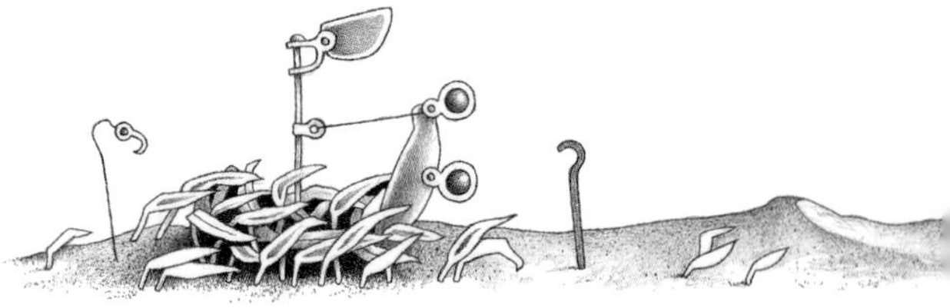

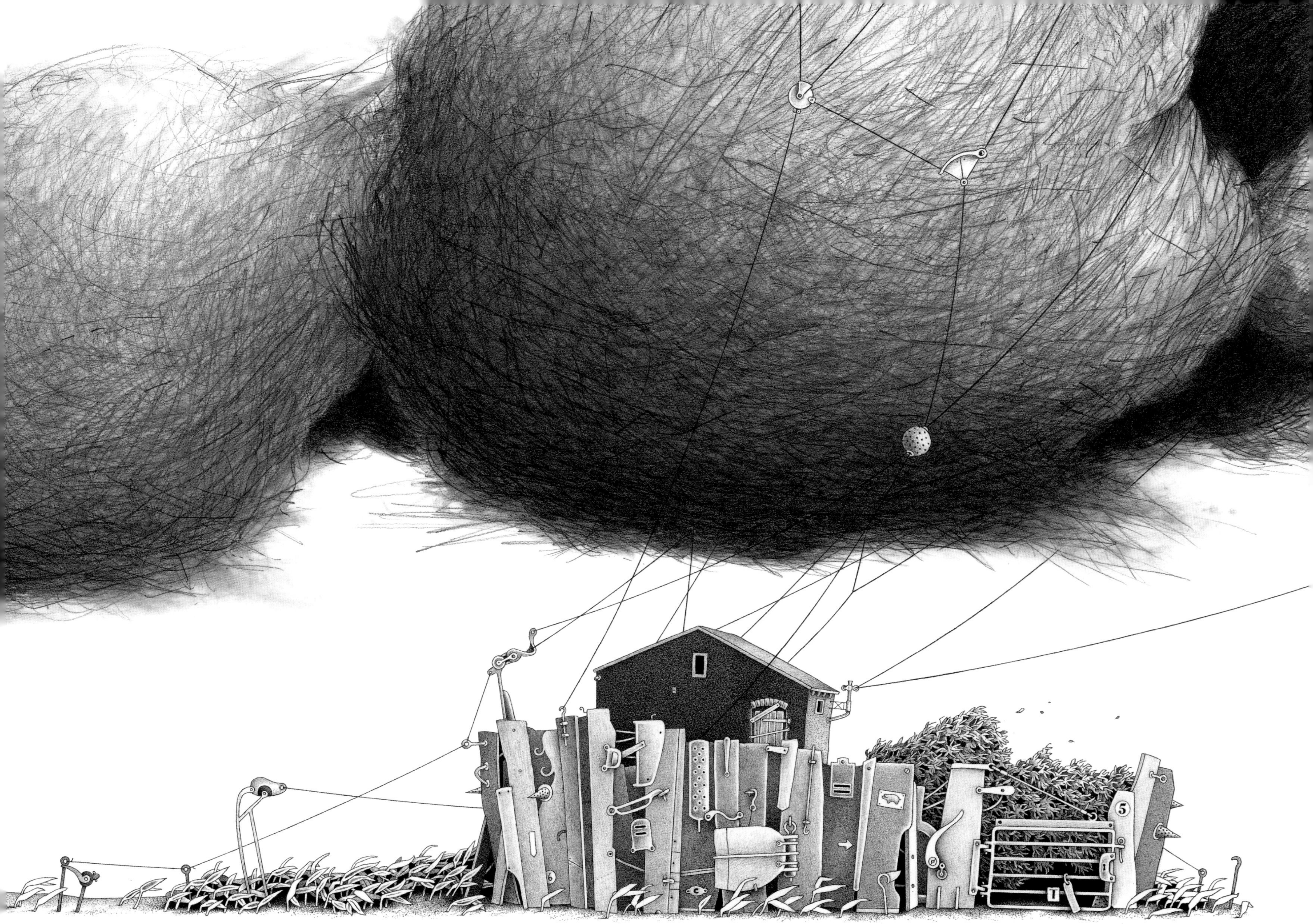
5
T

Une rafale déferla sur la maison pour la soulever ; une tornade aspira dans son souffle la foule amassée qui s'envola par-dessus les plaines ! Une seule personne serait restée dans la cité qu'elle aurait pu entendre, très loin dans le ciel, des jurons et des gémissements… ¶ Enfin, la tempête finit par se calmer…

Très loin de là, sur une autre île, un homme avait fixé son bateau sur un banc de sable et, près d'une maison abandonnée, non loin de la dune, il harponnait les nuages pour faire pleuvoir les poissons... Mais ce jour-là, l'homme resta interdit devant sa récolte... C'était une récolte très particulière... Une récolte grouillante de plaintes et de murmures...

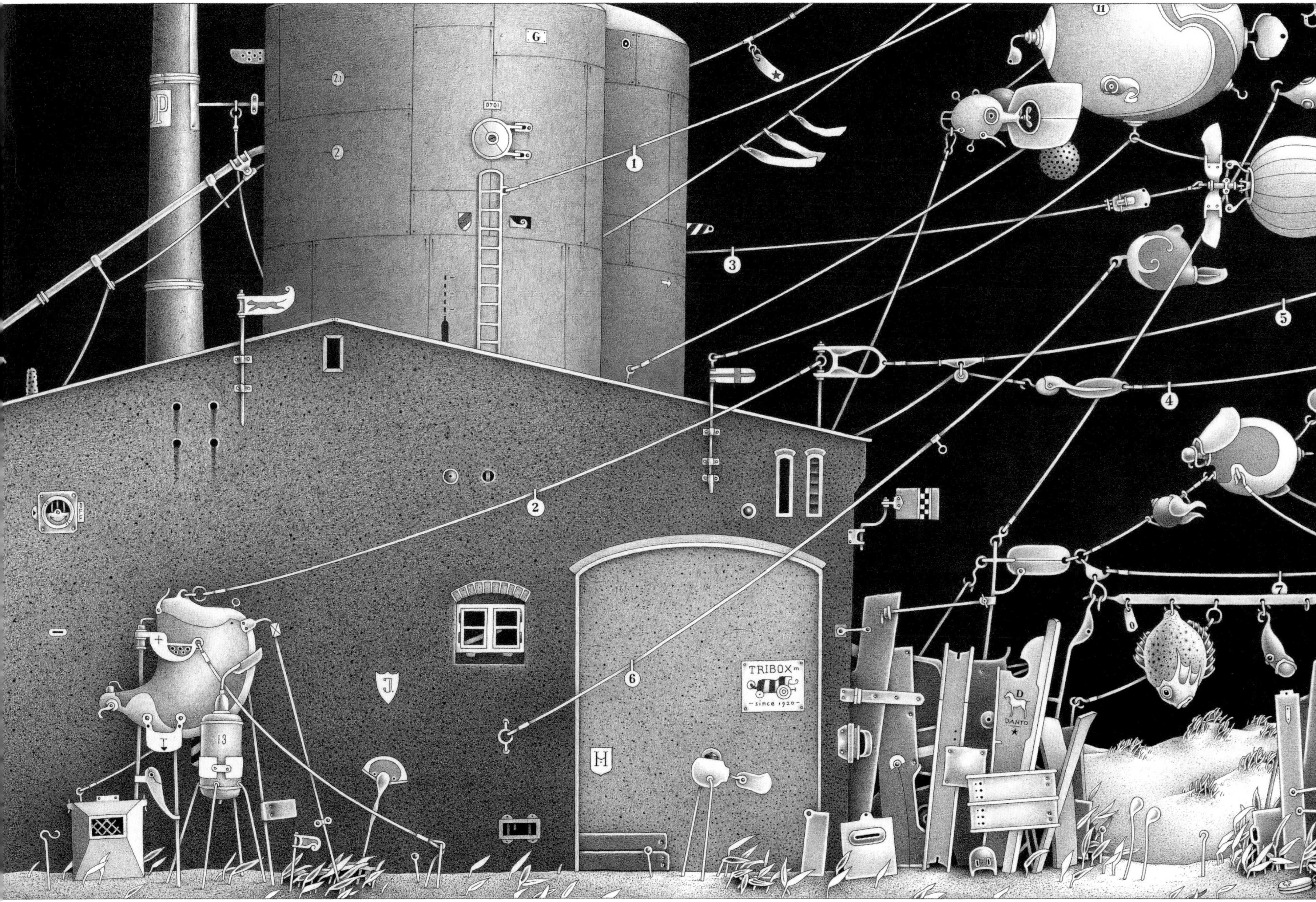
G
1
2
3
4
5
6
7
11
TRIBOX
since 1920
D
DANTO
H
J.
13

Le Pêcheur de nuages,
de Einar Turkowski
Première publication en allemand sous le titre : *Es war finster und merkwürdig still*

© 2005, Atlantis, un département d'Orell Füssli Verlag AG, Zürich, Suisse
Tous droits réservés

ISBN de la première édition : 3-7152-0513-X

© 2007, Éditions Autrement pour la présente traduction de Christophe Le Masne

77, rue du Faubourg-Saint-Antoine, 75011 Paris
Tél. : 01 44 73 80 00 – Fax : 01 44 73 00 12
ISSN : 1269-8733 – ISBN : 978-2-7467-0980-5
Dépôt légal : mars 2007
Imprimé et relié en Italie.
Participation à l'ouvrage : Amélie Louat et Guillaume Griffon

Conforme à la loi n° 49-956 du 16 juillet 1949 sur les publications destinées à la jeunesse.